Son of the Sea

海之子

僅以此書獻給天下所有 默默守候家人 的父親。

Son of the Sea/Cocoon Chen/ Auspicious Century Creative Arts Co., Ltd.

感謝引領

我的爺爺是國民軍人，在台灣取了第二個外省老婆；我從未見過阿公，阿嬤則是自廈門隻身撤退來台。我的父親是眷村子弟，我的母親小時候不太會說國語，而我、則算是大時代戰爭動盪後的產物。

上了大學、我開始意識到自己的腦子跟正常人有些不同，被同學叫做「怪人」、不曉得這一切是怎麼回事，陷入很深的無助當中。假使可以選擇、真希望能有顆正常一點的大腦，我心想著。

我到底算什麼？我又有什麼地方能去？

這些問題不斷擠壓變形，《海之子》於是誕生。

喔！也許可以試試畫漫畫？至少這裡有人會肯定自己。

我不懂主流、也不懂什麼本土，只知道心裡有些難以言傳的感覺、至今深深感觸、難以壓抑。黑澤、朗雄、玲玲……故事裡他們都不是幸運的人、也應該和我有相同的感覺吧？

「台灣」這艘海上小舟，就是這樣一路搖晃過來、載浮載沉；當你得十分專注於航行本身時，那麼從哪來、又要去哪之類的全都變得次要了。

十分高興「海之子」有機會和大家見面，因為它、遇見原本這輩子不可能會認識的某些人；也許之後沒機會再畫漫畫了也說不定，所以我抱著「最後一戰」的心情握住畫筆，感謝引領自己至此的一切。如果你們能從「海之子」中獲得些什麼，那就太好了。

陳繭

Contents

Chapter 01

風暴

Storm coming

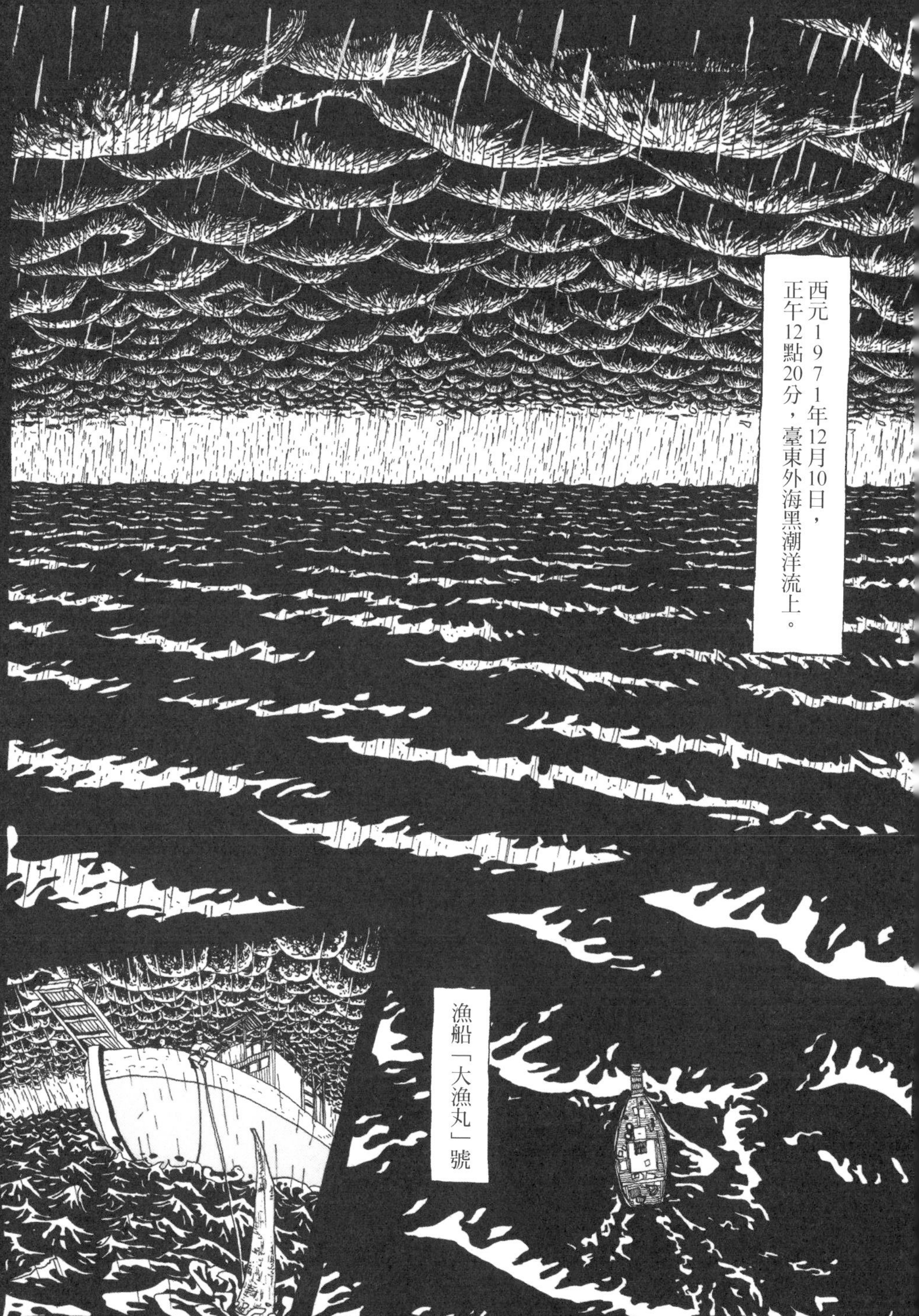
西元1971年12月10日，
正午12點20分，臺東外海黑潮洋流上。
漁船「大漁丸」號

ちくしょう！（畜生）
跑船二十幾年，沒遇過這種的……
來了！

比颱風還誇張！
站穩啊！

噢！
！
とうさん！
（爸！）
阿正！

別過去！交給你爸！
幹……
哥！
啊！

碰！
手別放掉！
……
阿正！

先割斷繩子！我好控制船！
等這個浪過去我就掉頭！
バカ、揺れるな！（王八蛋，不要再搖啦！）
抓好——

來啦！

唔……
呼
人呢？

哥！
阿朗
下去拿鏢
把你哥鏢起來！

……
快,不然沒機會了!
阿朗!

聽著，一手抓魚鏢尾，另一手抓住繩子，腳站穩，順著丟出去！
你不是一直想上鏢台嗎？
看準了就丟！不要猶豫！
要繞過去了，快出鏢！
哥！

……
唔～
你上來掌舵！
嘔——

等等萬一發生什麼事，你只管往碼頭走，離開風暴！
船回去才能跟頭家交代，我們謝家的名聲得保住！
頭家：漁船擁有者
往前開！聽到沒！
阿公……
不要管我！開你的船！

快滾吧，臭魚！

要上鏢台嗎？
難道……
左邊！
那是……
爸！

啪嚓——
！

……
嗚啊！
空隆——

唔……
船回去才能跟頭家交代，我們謝家的名聲得保住！

12點50分
哥！
呃……

呼、呼……
哥！
沒事吧？醒醒啊！
醒醒……

嘔
嘔——
喂！謝仔！
過來幫忙！
先拋錨！
新港碼頭
阿帕叔……
阿朗？

回來了！
怎麼樣？
阿帕！
阿帕！謝仔哩？
坐一下吧……
阿朗！
阿朗！
媽……
聽說有風暴，無線電一直不通，嚇死我了！
沒事吧？

……
小心一點
左邊、左邊
好，慢慢放
惠子……
這是…
阿帕
她沒呼吸了！
快送醫！

2004年12月
日本東京，咖啡廳
スーパーホテル
SUPER HOTEL
OK！
這個開頭不錯，接下來準備後面三話連載用分鏡。
就照我們上次討論的方向進行。
就看下週的會議了，連載機會應該很大，
沒問題吧？
您覺得……
有沒有什麼場景最能呈現一個家庭的氣氛？
嗯，家庭氣氛啊……
我會盡快完成。對了，松下先生
是
「餐桌」怎麼樣？
用餐氣氛可以反應家人關係，越是吵鬧通常感情越好。
「餐桌」啊……
鈴

鈴
鈴
抱歉，我接一下
お母さん…
16:45
鈴
松下先生
不好意思我5點還有事…
SEIKO
好，那今天就到這！
不好意思
今天非常謝謝您，抱歉了！
哪裡
黑澤先生

お母さん：媽媽

我會想辦法讓這個作品上連載的。
請加油，我對你有信心。
おすすめ
小原田
軽食・喫茶
NEW
750
我會努力的
松下先生
イージ
請到皇家飯店
好的！
皇家飯店
ROYAL

阿勇！
您好！
赤木叔
頭髮都長了！
媽！

跑這一趟辛苦你們了。
訂位時間已經過了
走吧
您好！能為您服務嗎？
5點的訂位
地下一樓
訂位人是赤木小姐，三位對嗎？
!
裡面請
麻煩請跟我來！
阿勇，這家很好吃喔！
赤木小姐…？

嗯、嗯
吃慢點，肉又不會跑掉
媽，剛剛服務員叫你「赤木」小姐？
啊！還沒跟你說，我已經改姓了！
證件什麼的，手續都辦好了！
改姓！你們打算來日本住？
這次過來、
就是要跟你說這件事！
赤木叔的爸媽都在日本，你以後大概也會在這邊工作。所以啊，有這個打算。
搬來東京的話，以後你需要什麼，我們都能照應。
也可以常常見面了！
吶！
臭小子！你有意見嗎？

明年三月
機票都幫你買好了，你只要負責回來吃飯，夠簡單吧？
你的位置安排在主桌，到時候要是缺一個人，很難看。
這次如果再不回來，你爸不會原諒你的。
我會回去的
阿勇
你知道怎麼分辨東京人嗎？如果你盯著一個人的眼睛，
卻完全看不出他在想什麼、
那就是東京人
我現在就看不出你心裡想什麼。

來！我幫你們盛湯！
吃一點！
飯店裡的空氣太高級，受不了
別在意叔叔的話，他的脾氣就是那樣。
嗯，我知道！
阿帕叔最近好嗎？有沒有出去鏢魚？
別抽太多！
我去抽菸
我有帶照片喔！
你看，這張特別為你拍的！
他身體很好，沒事就會到海上晃一晃。

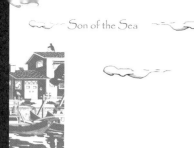

與大海搏鬥的鏢手

鏢魚法是由日人引進帶入
過去一艘鏢船的作業需要6至7名人力
現在的船只要4到5名人力
因此一艘鏢船就像是一家公司
船員分別掌管不同職務卻都同等重要
而每個人的背後
都有一個家庭依靠他生活

Chapter 02

邂逅

The encounter

……
……
久津漁団
回家！
操，今天都沒魚，一定是朗仔19歲生日帶衰！
靠么，
唉唷！
開你的船啦！

旗魚大哥看到鏢台上站的不是我，
都失望地跑走啦，哈哈。
阿帕叔，我去練習。
嗯
回去吧！
別再被抓回來了。
再被鏢上來……
就是你太笨啦！
啊！又中了
真是隻笨魚
沒辦法，吃了他吧！

今日は北風、突き船日和。
オモテの鈴鐘、
ジャンジャン鳴らす、
オモカジ、トリカジ、
ヨーソロ、ヨーソロ、
船長歌：今天吹北風、鏢旗魚的好天氣。船頭的鈴鐺、響不停。左轉舵、右轉舵，向前航、向前航。
オモテの船頭さんが、銛竿構え、
わたしゃ櫓の上から、梶木を呼べば、
我上樓台、呼喊有旗魚。船首的船長、做出鏢射姿態
阿朗怎麼樣？
嗯
比他爸還厲害，再磨個一兩年就差不多了
你最好趕快把他留下來，很多人想挖他過去當船長哩！
放心，到時候少不了你一份
這幾年多虧你了，當初還真不曉得該怎麼處理這小子。
我一開始也這麼覺得。
盈翔雜貨店

後來才發現朗仔其實比我們想的要堅強多了。
怎麼說？
不要看現在這個樣子，剛開始他光是看到魚鏢就吐，根本不敢碰。
大家都說正雄身上那支鏢是老謝丟的，但我猜其實是阿朗。
嘿，OK！
他這輩子第一次鏢中的可能就是自己老哥。
⋯⋯⋯⋯
告訴我、告訴我！
老大！說啥秘密？
說你啦，整天只會打混！
啊啊啊！！！

哪有
哪沒有？
朗仔上船四年，已經是副鏢，你還在煮飯。
我可以當大廚啦！
廚你個頭！你煮的飯永遠是黑的！
SENSITIV
哈、哈、哈！
拍謝啦！
頭家！
今天怎麼會來？
你們船長說有人生日啊！

生日……啊！
不好意思，是我啦！
帶你去好地方慶祝一下。
什麼好地方？我也要去！
好，今天我請客。
好耶！
謝謝頭家。
小意思。
阿帕叔，謝啦！

陳老闆⋯⋯討厭啦！
慢走啊，王董。
再來唷！
呵呵
頭家，
這麼好的地方⋯⋯
怎麼都沒告訴我！
你是不是常和老大偷偷來？

誰叫你都不好好煮飯！
對吧，阿帕？
啊…幹，沒錯。
呵
嘻嘻
哪……
我煮的飯可好吃了…不信下次你們來試試
阿朗
生日快樂！
阿帕叔！
我也敬你，阿朗！

敬阿朗，敬大漁丸，敬新港所有討海人！
頭家，乾！
好，乾！
爽快！
咕嚕
咕嚕
赫啊！
好！好酒量！
再來！
哈哈哈！

頭家！再來！再來！
小胖哥、你醉了～
哪有！我沒醉！
來，妳也喝一點。
謝謝陳老闆～
阿朗！
哥……
阿朗？
他醉啦！暈船啦，哈哈！
太遜啦，阿朗！
再一杯、再一杯、
哥…醒醒…
老闆娘！

喂喂，你在衝三小，阿帕？
想落跑？
老大也醉了啦，哈哈哈！
來了來了！
打擾啦～
今天服務還可以嗎？
阿朗今天生日，把小姐包了。
哎唷！那是我們玲玲的榮幸！
玲玲，送阿朗哥上去！
嘔——

沒事沒事
我來就好!
阿朗!
慢慢來
陳老闆、阿帕哥,有什麼需要再跟我說~
阿帕叔…
阿朗加油!碰碰!
阿帕叔……
阿帕!繼續!
老大!該你喝啦!
幹恁娘勒!誰怕誰!
給他乾下去!陪我喝,妹妹!
人家酒量不好啦~
不管!喝!
阿朗?

唔……
哥……
擦一下臉
哥……
妳不是哥……妳是誰？
哥……醒醒……

阿朗哥，我是鈴玲。
玲玲……？妳在這幹嘛？
今晚……
我是阿朗哥的。
我的？
我……船上……什麼都沒了……

阿朗的哥哥在哪？
浪很大……
只剩我……
……
我吐了……
掉到海裡…我用魚鏢射他……
今天是你的生日，我會一直在這裡。

妳…好冰…冷嗎？
不冷…阿朗的身體很暖，很有安全感。
像家一樣……
嗯……

醒啦？
去吃點東西吧！
唔……沒有玉姐的同意我不能隨便出去。
除非阿朗哥再………
這樣啊…
那妳換一下衣服吧。
嗯！
我只能送你到這。

喜歡吃生魚片嗎？
對了
嗯 喜歡！
好
那下次我帶來，上好的旗魚！
走啦！
再見！
小心點！

阿帕叔！
今天出不出船？
風不夠大，休息一天。
嘿放假啊！
那個…
我決定了
我要替玲玲贖身
……
對他們來說，我們這種人的錢最好賺。
婊子無情，不要太快沉下去。
喂——
被騙也沒啥大不了的。
對吧？
……

啊——
喔喔——
啊——
你看你的表情！
好醜喔！哎唷、我也是！
還好你叔叔沒來，
他一定受不了自己被拍成這樣！
東京迪士尼
哈哈！

DISNEY
很久沒有這樣一起出來玩了，而且還是在國外。
媽，這是妳第一次出國吧？
對啊，都還沒去台北玩過，就先來日本了！
不過東京人講話腔調跟赤木差好多，和我想的不一樣。
在這待了四年……
我倒覺得赤木叔說的日文比較有親切感。
你來日本那麼久，有沒有帶女生來這邊玩過？
他現在台語說得比日文溜多了！

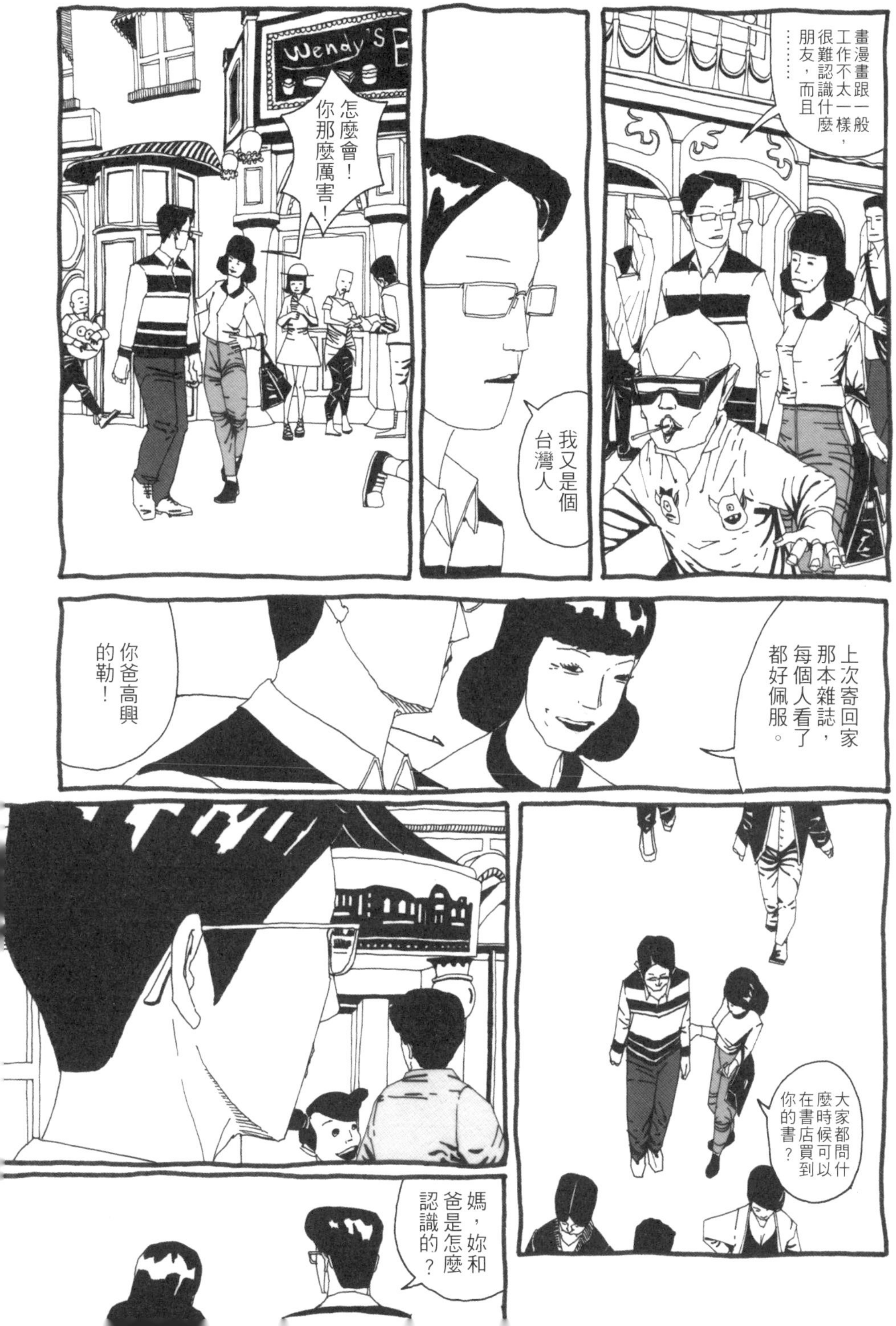
畫漫畫跟一般工作不太一樣，很難認識什麼朋友，而且……
我又是個台灣人
怎麼會！你那麼厲害！
上次寄回家那本雜誌，每個人看了都好佩服。
你爸高興的勒！
大家都問什麼時候可以在書店買到你的書？
媽，妳和爸是怎麼認識的？

怎麼了？突然問這個？
嗯……
我想把爸的故事畫成漫畫，當成正式出道作品。
我沒拿過魚鏢，這是唯一能替他做的。
DISNEY
找個地方坐下來好了！
這家怎麼樣？
好！
我去找位置，隨便幫我點個熱的。
CHIP 'n' DALE's CAFE
咖啡可以嗎？
好，要拿糖喔！
DALE'S secret Garden

謝謝！
加多少？
一半好了
十六歲的時候，我在工作的地方認識你爸。
還是到了要跟你說這些事的時候。
一直想說你會不會永遠都不開口。
他是我的恩客。

那天晚上你爸第一次到店裡。
他喝得很醉，講了幾句話就睡著了，我陪他到早上。
之後又來了幾次，都是來找我。他跟別的客人不同，總是很溫柔。
不知不覺，我慢慢喜歡上他。
你以前在酒家上班？
嗯，這要從很久以前開始說了。
我是家中么女，因為家境不好，3歲時被當作童養媳賣掉。
新家雖然有錢，但他們並沒有把我當家人看待。
又在偷懶！
對不起……
打死妳！

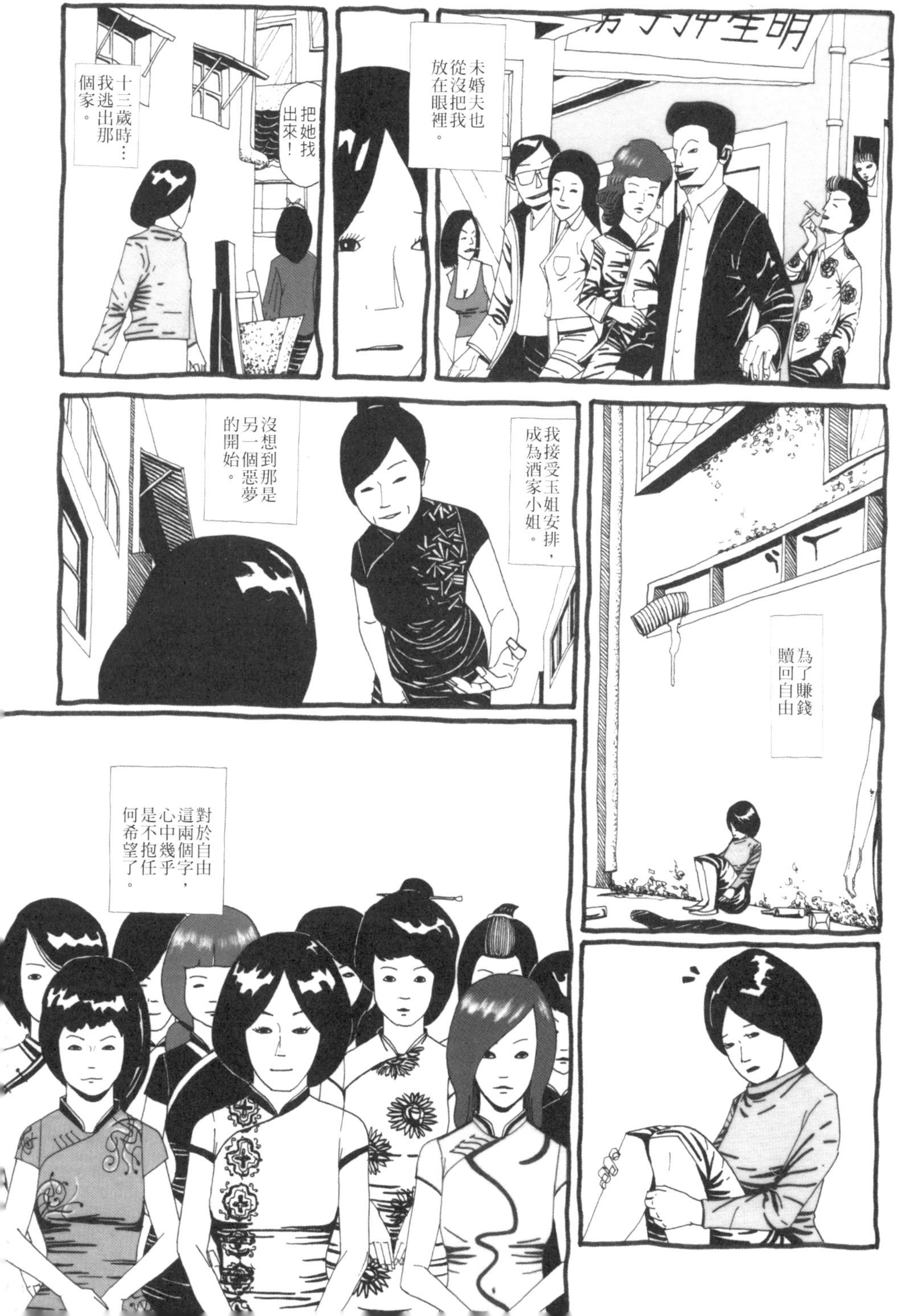
十三歲時…我逃出那個家。
把她找出來!
未婚夫也從沒把我放在眼裡。
我接受玉姐安排,成為酒家小姐。
沒想到那是另一個惡夢的開始。
為了賺錢贖回自由
對於自由這兩個字,心中幾乎是不抱任何希望了。

玲玲！
有一天玉姐突然要我離開。
東西收收，妳可以滾了。
啊？
啊什麼啊？
捨不得啊？我是收了人家錢不得不辦事。
不過妳要自願留下來的話…那就不是我的問題了！
怎麼樣？走還是不走？
那個當下並不覺得高興，反而很害怕。
玉姐！
可以告訴我是誰嗎？

呿！
我一向只認錢不認人。
滾遠點，別再讓我看見！
我沒有地方能去
只好去找你爸，沿著漁港一家一家打聽他的住址。
收啦
我先走了！
嗯…晚上要幹嘛？
她那邊不知道怎麼樣了？
疑!?
玲玲！

怎麼會在這？
阿朗…是你嗎？
我？
是你出錢把我買下來？
是你嗎？
不是欸！
別說了，先進來喝杯茶！

嗯……
出錢的如果不是爸，還會是誰？
家裡的人？
我問過阿帕，他只告訴我應該要相信阿朗說的。

後來打聽過，
也不是。
他們甚至
不再追究
我逃家的事
我的未婚夫
也娶了別人。
你覺得
是爸嗎？
我一直
相信是他，
你覺得呢？
我猜……
應該是吧？
其實
他離開之後，
我才發覺自
己對他一點
都不了解。

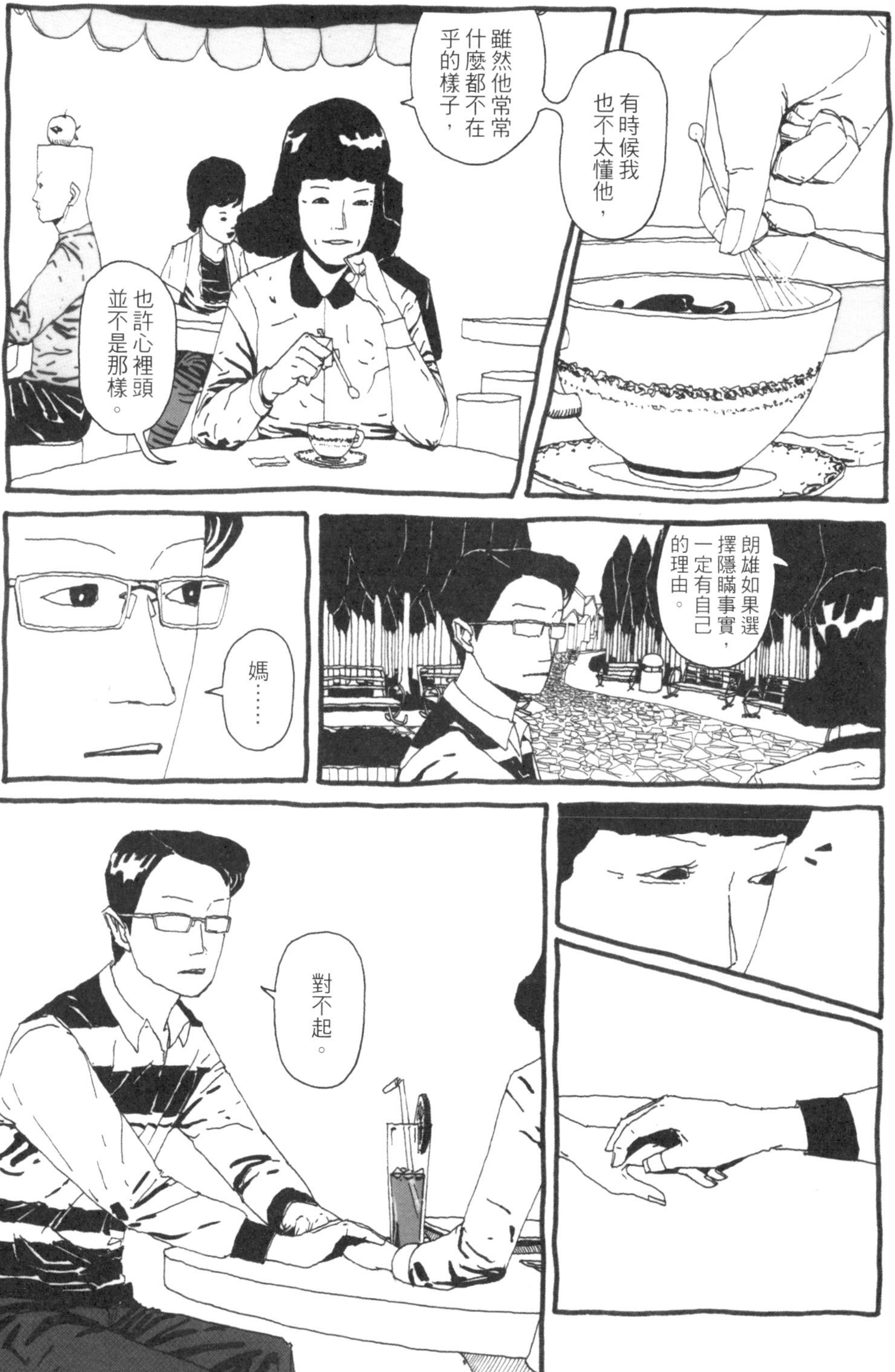
雖然他常常什麼都不在乎的樣子，
有時候我也不太懂他，
也許心裡頭並不是那樣。
朗雄如果選擇隱瞞事實，一定有自己的理由。
媽……
對不起。

呵呵！跟你說一件事！
其實你爸以前總是要你吃魚頭並不是因為對頭腦好，
只是因為他自己不喜歡而已。
吃魚頭考一百分！
原來是這樣……哈哈！
啊！冰淇淋！
哥哥！冰淇淋掉地上了！
呵呵！

哇！我的冰淇淋！
！
冰淇淋！
爸爸！
冰淇淋！
怎麼啦？
次郎的冰淇淋掉了。
這樣啊，次郎吃棉花糖好不好？
不要！我要冰淇淋！嗚哇！
爸爸，我的給次郎好了。
哥哥要給你冰淇淋喔，不哭了？
嗚……
太郎，你吃棉花糖好不好？
嗯！
次郎，跟哥哥說什麼？
謝謝哥哥！
不哭了喔！

走，去找媽媽。
阿勇
你想不想要有個弟弟或妹妹？
當哥哥……

好像也挺不錯的！
不過…會姓「赤木」喔！
姓已經決定，那名字讓我取吧！

Chapter 03

我是誰

Who am I

1983年
晚上有海龜大餐啦，哈哈！
還餵他幹嘛？先說好，等等龜喉留給我！
吞~
……
!
喂喂喂，阿帕！你在幹嘛？
早期保育觀念未普及，漁民有食用海龜習慣。

從現在開始我是海龜的朋友，不吃他。
……
哇操！怎麼回事啊你？
被女人甩了嗎？
好久沒吃海龜了……
嗯？

欸，有東西！
過去看一下！
看起來像是竹筏……
靠近一點。
靠！是個小孩！

我下去，等等拉我上來。
你要在水裡抽菸嗎？
啊，差點忘了，幫我拿一下。
謝啦！
幹，好冷！
喂！阿帕！好了，拉我上去吧！
阿帕?!

誰把他丟在這？
不可能從綠島漂過來的吧？
送他去醫院。
喂！小子，別死啊！聽到沒？撐一下！
穿那麼少會失溫，快給他衣服。
阿帕，開快一點欸！
廢話，知道啦！

醫院
醒來了嗎?看起來很有精神唷!
肚子餓不餓?
外面的叔叔有幫你準備吃的!
來,打一針喔!
啊!
醫生!
狀況怎麼樣?
請放心,沒有大礙。
不過……他目前似乎沒有任何記憶,不會說話,也聽不太懂中文的樣子。你們有任何關於他的資料嗎?
沒有欸……
他的腳踝上綁了條帶子,寫了「黑澤」兩個字,有可能是日本人,還要再查一查。
最好再住院觀察幾天,我們會替他做比較詳細的檢查。記憶也有可能在這幾天回復也說不定。
這樣啊……好,謝謝醫生!
哪裡。

三天後
欸，赤木，你問過沒，琉球那邊？有沒有姓黑澤的？
靠北唷！全都問過了啦，沒有這個姓。
確定？真的沒有？
幹，就說沒有了！有黑川、黑田、他媽的就是沒有黑澤！
……
阿朗，你真的要這樣做？

琉球為日本沖繩之古地名。赤木於戰後以「琉僑」身分滯台並歸化；由於他本人並不使用「沖繩」二字，故此沿用舊名

這不是開玩笑，
不是養貓養狗！
寧願撿一個回家，
不自己跟玲玲生，
你到底在想什麼？
你也反對嗎，
阿帕？
我反對你就
會聽我的？
年輕人的事
年輕人自己解決。
喔，
對了
先講清楚，
我可不當
褓母。

哈哈，這小子很有趣！
他在黑潮上被發現……
很適合「黑澤」這個姓。
在醫院裡也很勇敢，不哭不鬧
一點都不像個三、四歲的小鬼。
203
就取名叫「勇」吧！「黑澤勇」！

這學期有新同學要加入我們。
大家鼓掌歡迎他！
大家好………我叫…黑澤勇。
阿勇，可以把你的名字寫在黑板上，讓大家認識嗎？
家豪！
啊！有！

阿勇也住在漁港，
以後有什麼生活上的問題，麻煩你多照顧他。
老師！
一心一德　貫徹始終
我們家附近沒有姓黑的人啊？
手可以放下來了！
黑澤同學是複姓「黑澤」，不是姓「黑」喔！
大家不要叫錯了。
老師！那不是阿本仔的姓嗎？

吼——你說台語！要罰五塊錢！
吼！你慘了！
哈哈哈！
罰錢！罰錢！
哈哈哈！
好了，大家安靜！
林家豪罰錢！
老師再見！
小心車子。
不要用跑的！
明天見！
可以開動嘍！

剛蒸好的魚。
喔喔！
來！吃魚頭變聰明，考一百分！
多吃點！
今天在學校好玩嗎，有沒有交到新朋友？
嗯！
上次聽你們老師說的，嗯嗯！
那個⋯誰啊⋯
家豪，對！林家豪！是不是跟你同班？

為什麼我不是姓謝？
嗯——
來
……
好問題！
你看！
你現在吃的這塊東西是什麼？

魚？
對，魚！你為什麼知道它是魚肉，不是豬肉、牛肉？
嗯……
因為你吃過魚，知道魚肉長什麼樣子。
就算我跟你說這是一塊「豬肉」，它實際上還是「魚」，在水裡游的魚，對吧？
……
嗯。

能夠決定你是什麼的，
只有你心裡的想法，不管別人怎麼叫。
吃東西啊，別只顧著聽我說話。
嘿嘿，今天有我最愛的炸丸子！
啊！
你的左手怎麼回事？手指頭呢？

為什麼不見了？
早上……
呃……放在海裡，忘了帶回來。
幹嘛不跟我說？很痛吧！
已經縫起來，沒事啦……
這樣明天怎麼出去，可以工作嗎?!
還有九隻手指頭，沒問題的。
你不要用左手啦！不小心又傷到怎麼辦？
那我要怎麼吃飯？
我餵你！
啊?!
吃飽了！
收盤子。
受傷的人坐著休息。
不好意思啊。
阿勇幫我就夠了。

阿勇，冰箱裡有蘋果，拿出去吧。
嗯
喔！有蘋果，好欸！
阿明！別離開我！
吃一塊吧！好吃唷！
想看什麼節目？
淑芬！
我出去找一下王阿姨。
不要一邊吃蘋果一邊抽菸啦！
好——
喔喔，阿勇！是你們學校少棒隊！
二壘跑者盜壘了！
上次比賽重播。
捕手暴傳！

王阿姨，打擾了！
玲玲！
吃過了沒？
剛吃飽。
你來得正好，我這裡有些白蘿蔔，自己種的！你拿一些。
阿，謝謝！王阿姨，是想問你知不知道手指斷掉的話吃什麼會好快一點？阿朗他……
哎唷！跟你說，我老公之前斷的時候……
我知道了！王阿姨，謝謝！
客氣什麼！有什麼問題再來問我！
再得一分！
你們學校很強欸！你要不要加入棒球隊？
你會跟阿姨結婚嗎？
……
換投手了！
第一球好球！
怎麼問這個……

嗯……
東京
コナカ
SUZUKI
請

還可以嗎？
我看看。

怎麼樣？
不錯啊！雖然我不太懂。
你們會不會覺得腰的地方太花俏了？
這樣看起來有點胖……
有嗎？
放心，站在我旁邊，不管怎麼看都是瘦的。
噗庛！
阿勇，你覺得？
比剛剛那件好啊！再多試幾套看看？

可以再試另外一套嗎？麻煩你！
好的。
一直等我你們會不會無聊啊？
別擔心，慢慢來。
我去便利商店，要喝啥？
那……黑咖啡好了，一百塊應該夠……
我請你。

謝謝。
7 ELEVEn
百円
嗶！
簡訊？

赤木おじさん
そと。
赤木おじさん から
12/14
外面。（來自赤木叔的簡訊）
哪！
謝謝！
咕嚕

漫畫畫得怎樣？
カメラ・レンズ 交換 買入
ミヤマ商会
新品 中古
募集
還可以。
還可以的意思是，之後也不會回台灣了吧。
最近有可能會開始連載。
短時間內應該沒辦法……
那你爸的東西我來處理，沒意見吧？
交給赤木叔我很放心。
不好意思，真是麻煩你了！
不會，請不用客氣！

穿上婚紗對女人來說是最重要的一刻。
所以我們希望為每位客人留下最完美的回憶。
好了，赤木小姐！
你會跟阿姨結婚嗎？
啊?!

謝謝！
可以拉開簾子了嗎？
好！
啊，他們離開了？
在門口！
需要請他們進來嗎？
日本語学
川田
請在這稍等一下。
麻煩妳

阿朗……
整理阿朗東西時發現的。
這是……
你小時候的作文吧？

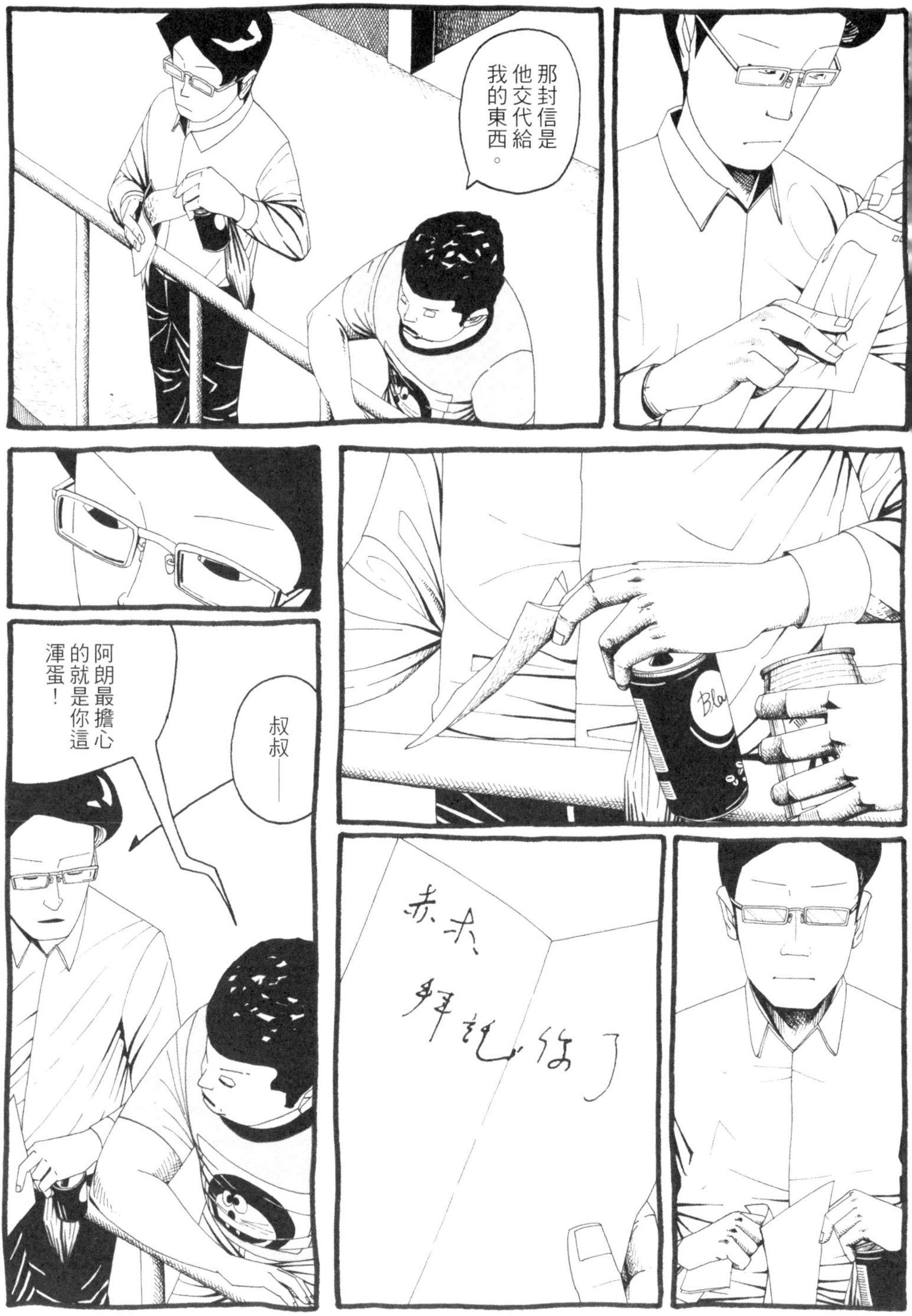
那封信是他交代給我的東西。
叔叔——
阿朗最擔心的就是你這渾蛋！
Bla
赤犬
拜託你了

阿勇，你要記得
自己是台東新港旗魚鏢手謝朗雄的兒子。
無論在日本幹啥，以後回不回台灣，永遠都是。
河童 SHO
どんぶり
我跟你一樣吃台灣米長大。
所以現在以台灣人的身分跟你說這句話，聽清楚了？
中華料
我知道，叔叔。
上次阿帕叔跟我說了些爸的事……

日本這邊的婚禮需不需要幫什麼忙？
你只要別搞失蹤就好。
喪禮的事我還沒原諒你！
不好意思、赤木小姐想請兩位進去！
好的，謝謝你！
阿朗留了一隻魚鏢給你，你知道嗎？

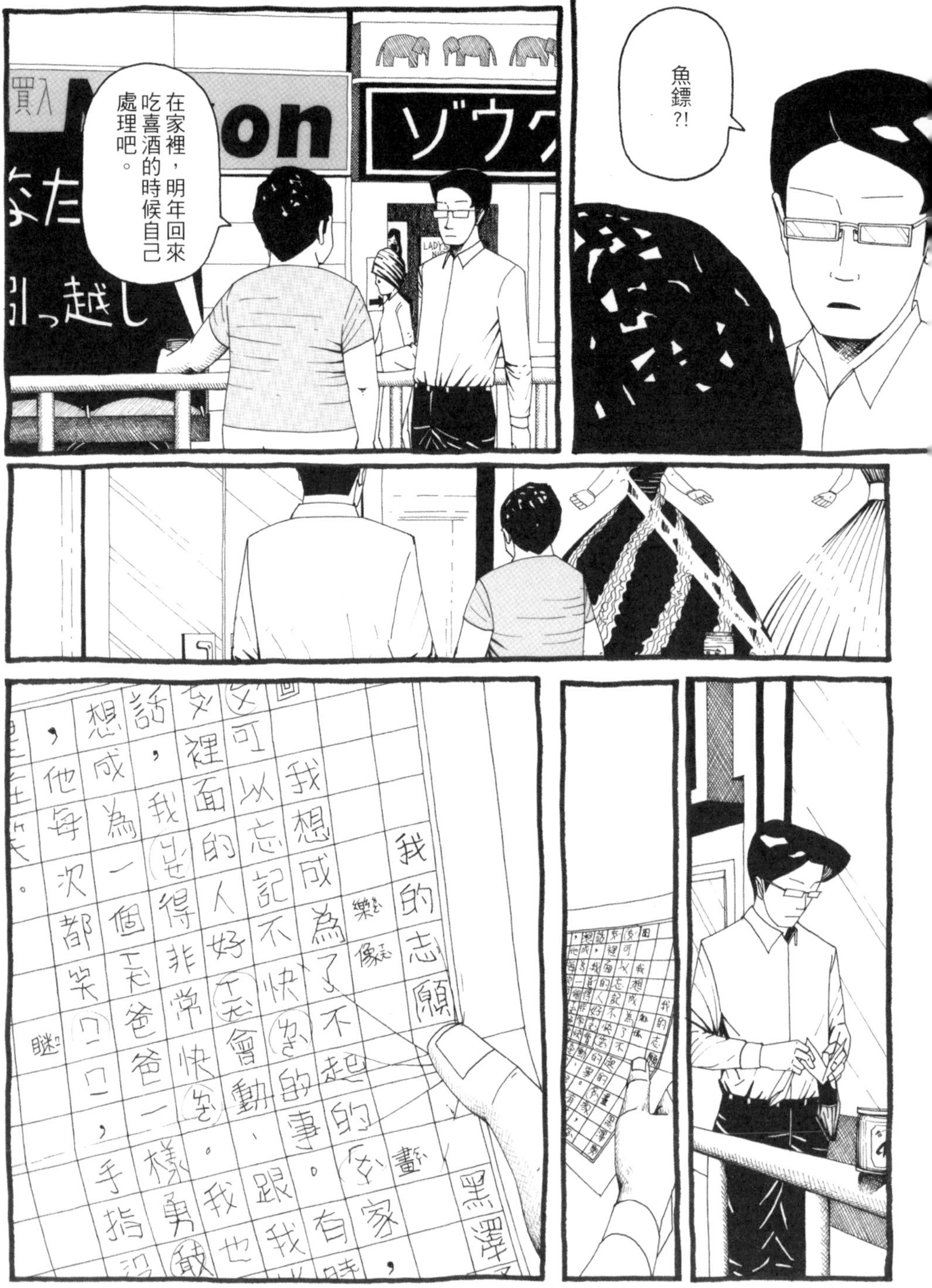
魚鏢?!
在家裡，明年回來吃喜酒的時候自己處理吧。
ゾウ
我的志願

我的靈感　我的夢

我有好多個想畫的故事都寫在筆記本裡
畫圖的速度實在太慢了
來不及把這些想法實現，只好先寫起來。

首先、我想寫一個以台南為舞台的愛情故事
沒錯、就是讓人哭得死去活來的愛情故事
很老梗、但永遠不退流行！
為什麼選台南呢？因為我在那度過青春
也從中得到成為創作者的養分
另外、台南是一個非常異質的都市
所以我想為這特別的地方做個記錄
請給我一點時間，我會好好把它畫出來的。

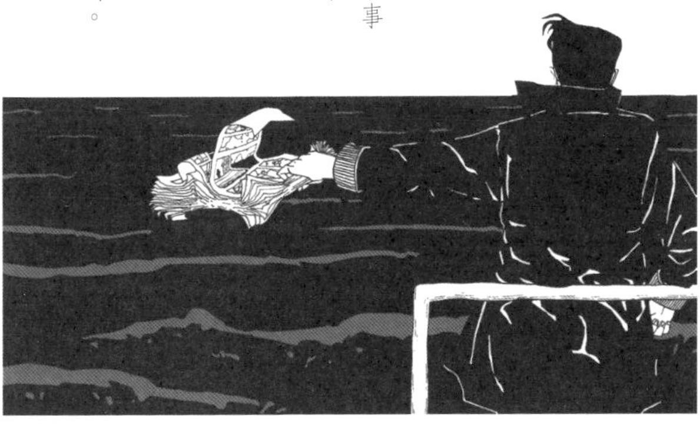

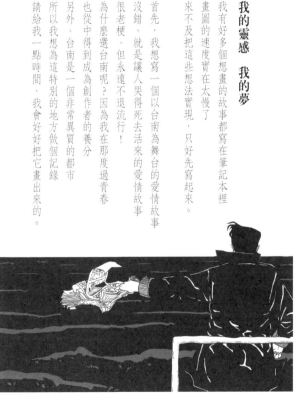

Chapter 04

海之子

Son of the sea

吳星翰
……
又在亂寫！
哎唷！
又！
黑澤勇
阿勇，圖畫得不錯，但是作文要用「字」來表達喔！

下次把圖留到美術課畫吧！
謝謝老師。
吳星翰！你還站在那裡做什麼？
我看我看。
哈哈哈！你哪有爸爸！
吳星翰！你皮在癢是不是？把作文還給黑澤勇！
我有爸爸！

ㄉㄩㄝ~ 你不姓謝，所以沒有爸爸~
吳星翰！去後面罰站！
我爸說…他說別人不重要。
你不姓謝就是沒爸爸。
沒~有~爸~爸~
你們兩個！

是、是
很抱歉給老師添麻煩了。
回去我會好好跟他說。
另外就是阿勇常常在上課時畫圖，
雖然畫圖不是什麼壞事，但……
東西呢？
嗯？
…………
作文啦！聽說你畫了圖在上面，讓我看看？

畫了什麼秘密嗎？
等你想要的時候再給我看吧！
收好啊！將來說不定會派上用場喔！
喂！赤木！

嘖！
怎麼來了，沒睡午覺？
赤木叔。
你到底怎麼把魚鏢弄彎成這樣？
還不是你害的，幹！
哼！不知道是有人太亂來，還是有人太偷懶？
喂喂喂！阿帕，你的意思是我做的魚鏢有問題？
哈哈哈！

你說清楚啊!?
幹嘛不回答!?
赤木，來一支？
……
呿！
阿勇，又跟吳星翰打架了？

他……
他笑我。
打架會有出息嗎？有時間就多唸書，要不來船上幫忙！
笑你什麼？
……
問你又不說話，到底要怎樣？
我又沒錯！

喂！阿勇!?
跟赤木叔道歉。
……
阿勇！跟赤木叔道歉！
阿勇!?
嘖！你們兩個……
……
阿勇、

他媽的……
對不起，我太衝動了。
我知道你是故意扮黑臉。
不曉得為什麼，有些話就是沒辦法對阿勇說出口。
大概是因為從他身上，看得到我自己的影子吧。
謝謝。

幹！我只是脾氣不好啦。
……
來一下，拿個東西給你。
啥？
午安啊！赤木。
王阿姨
喂！赤木。
不要老是不穿鞋啊你，地上蟲很多的！

王阿姨！
魚鏢的錢。
還有這個。
這啥小？
先別開。

喂喂！幹！這該不會是「那個」吧？
該開的時候你會知道的。
我一個人逃回來之後就理解這件事了。
幹我們這行都有心理準備。
從踏上船開始，一切都變得不一樣。

你沒選擇上船是正確的，這東西交給你最適合。
替我收好。
赤木，你的店也該開始考慮轉型了。
現在技術越來越進步，鏢旗魚遲早會消失。
就到我們這一代了吧。
阿朗！
赤木，你也在。
留下來一起吃晚飯？
進來吧？
店裡還有工作，改天。

慢走。
先走了。
先幫我洗菜好嗎？去上一下廁所。
好！
阿勇呢？
他跟阿帕在一起，應該很快會回來。

王八羔子！
吳星翰那個渾小子……
吳星翰！給我出來！
幹！
他媽的我來教你什麼叫禮貌！
赤木！你在鬼叫什麼東西!?

他奶奶……你怎麼教你兒子的??
王八蛋！你這死胖子！
呸！
你在跟誰說話，禿驢？
有你這種老子，難怪兒子一個爛樣。
操！你找死！
今天沒讓你哭著回日本找媽媽，恁北不姓吳！
媽！快來看！

幹！你這娘兒們的拳頭。
機歪死胖子！我操！
別打了!!
幹你娘！
爸爸加油！
吳星翰你給我閉嘴！回去寫功課!!

2004年1月
針對公投議題，陳總統指出——
今早，國民黨發言人——
呼
呼
呼
呼
玲玲！
公投辯論會將於——

!
阿朗他……
他……
大漁丸出事了!!

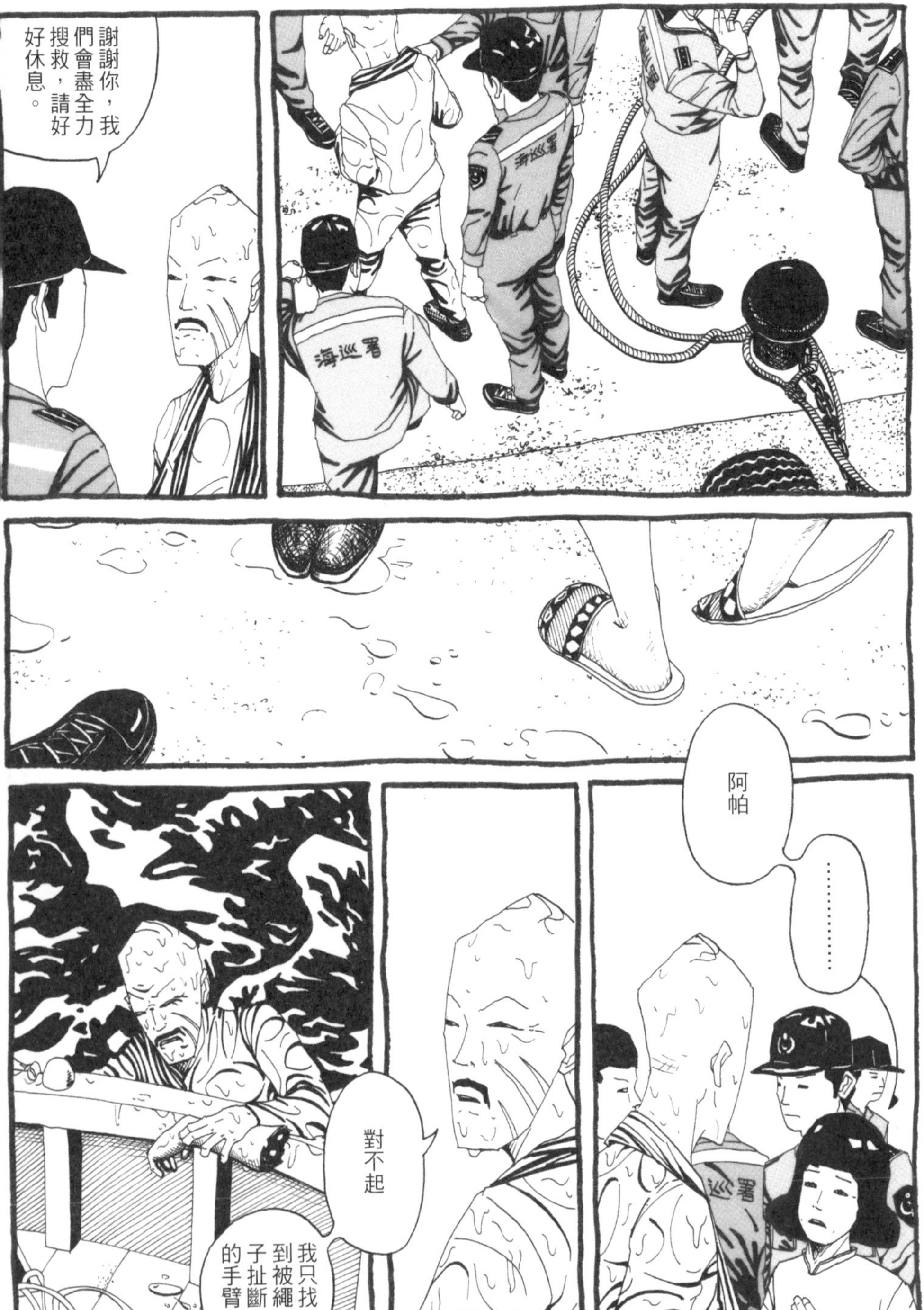
謝謝你，我們會盡全力搜救，請好好休息。
阿帕
……
對不起
我只找到被繩子扯斷的手臂

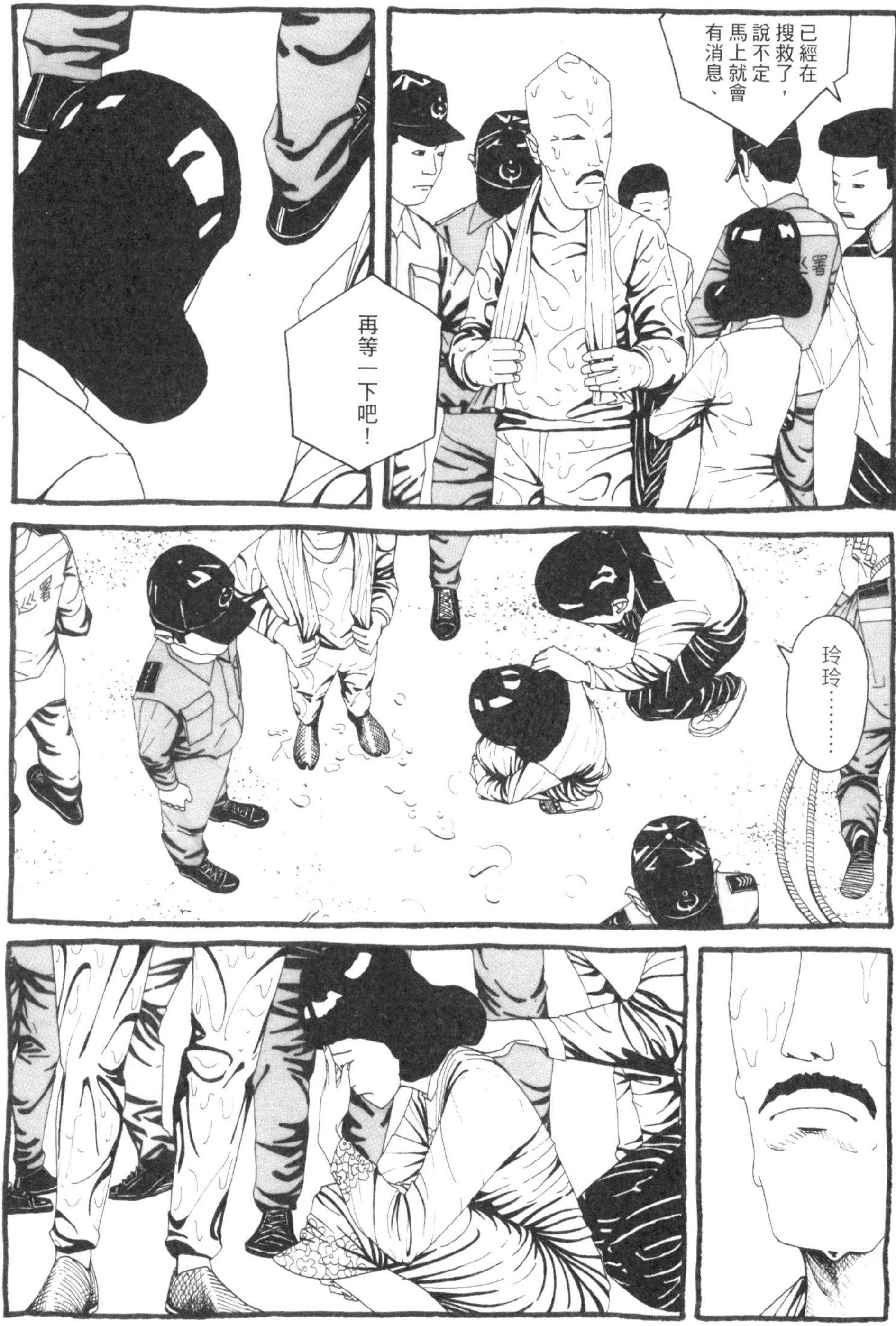
已經在搜救了，說不定馬上就會有消息、
再等一下吧！
玲玲……

蕩蕩遊魂、何處尚存——
三魂早降、七魄來臨、
失魂附體，助起精神，天門開、地門開、
千里童子送魂來，吾今奉太上老君急急如律令，
失魂人謝朗雄——

阿朗！
王八蛋！回來啊！
鈴——
鈴——
鈴——
臺灣的電話……

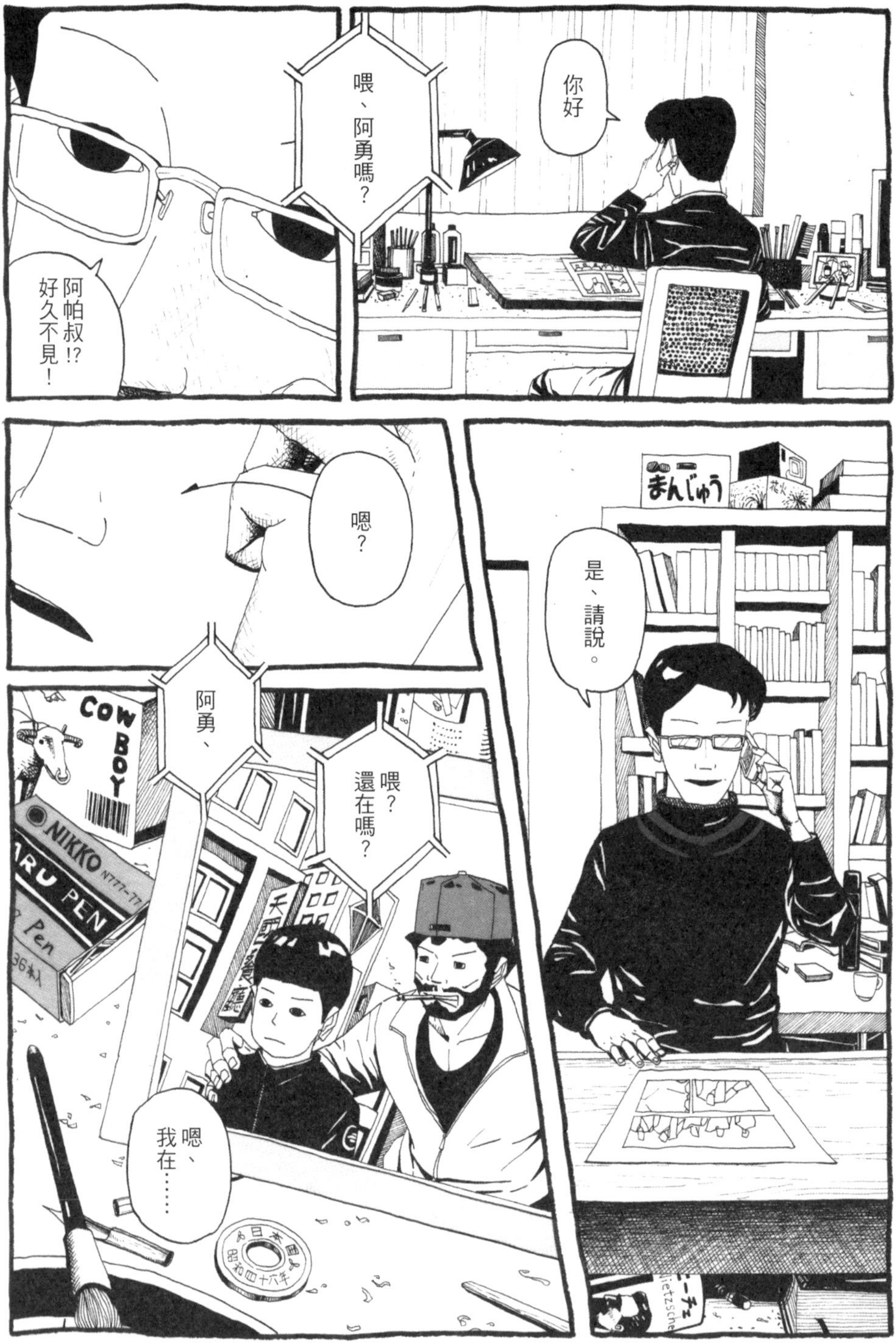
你好
喂、阿勇嗎？
阿帕叔!?好久不見！
是、請說。
嗯？
阿勇、
喂？還在嗎？
嗯、我在……
まんじゅう
COW BOY
NIKKO

下星期二是嗎？
好、
我知道了，會趕回去。
玲玲要跟你說話，等一下、
阿勇………
你還好嗎？
媽

星期二早上
赤木先生，請問還要再等嗎？
幹！阿勇不在啊！沒有家屬我有什麼辦法？

到底跑哪去了？王八蛋……
給我搞這種飛機、媽的……
阿帕也不知道死哪去……
請問還有沒有別的親屬？
或能夠代替親屬的人？
這樣我們還是可以進行。
……
不，沒有其他人了，我再聯絡看看。
好的。

都特地回來了，真的不去？
你是今天告別式上唯一的親屬喔。
我受不了⋯⋯那種場合。
你跟你爸實在一點都不像。

阿朗他啊……是能夠在喪禮上大笑的人。
不過他大笑的原因或許跟你逃避的原因是一樣的。
就這角度而言你們其實又很像……
算了，沒差啦！反正去了也只看得到一隻手臂而已。
還有一支，要不要試試？
我沒釣過。
釣了就會了。
說不定會釣到你爸唷！

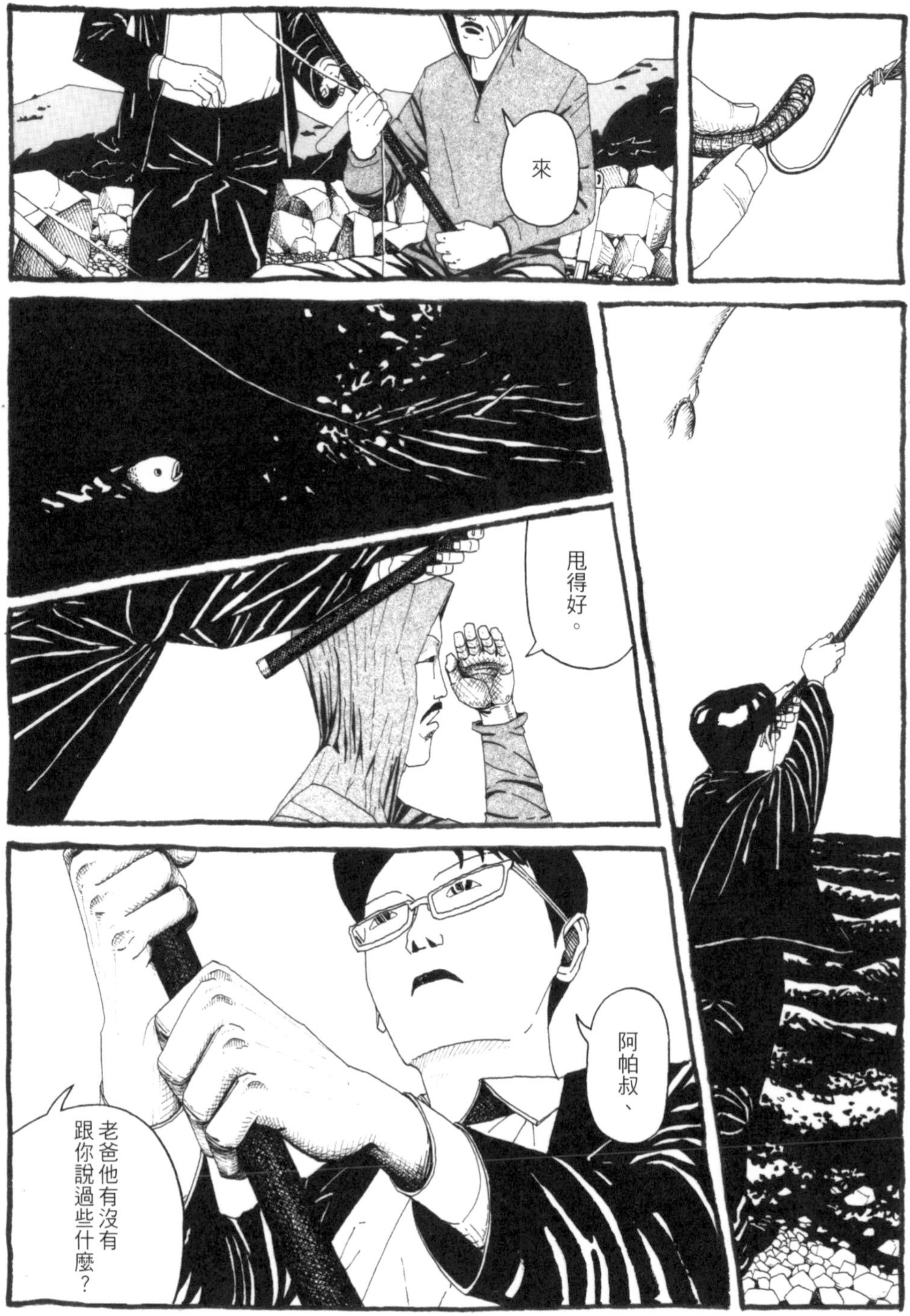
來
甩得好。
阿帕叔、
老爸他有沒有跟你說過些什麼？

你知道你伯父是怎麼死的嗎？
他從來沒跟我談過以前的事。
你伯父，正雄的屍體送上岸的時候，
半顆頭被鯊魚咬掉。赤木的爸爸就用木材，照著相片雕了半顆人頭接上去……
對於那天船上發生的事，朗雄始終一個字不提。
船上……只剩他一個人嗎？
那……我的祖母呢？
他在碼頭看見兒子的慘狀後，活活被嚇死了。

從那時候開始，我就一直看著阿朗，他的眼神裡剩下一種討海人才有的悲傷。
直到你出現。
阿朗當然希望你繼承他的技術。
不過你離家之後，我看得出來他其實鬆了一口氣。
我有認真想過是不是要繼承家業……
幹我們這行在海上待久了

都會忘記用腳走路的感覺。
我不知道自己現在做的事對不對，不知道老爸怎麼想。
但你還是做了！對吧？
所以你沒有辜負「勇」這個名字。

回到海裡或許是最好的結束。
對阿朗而言，海水這種東西啊……比血要鹹得多了。
可以借我船鑰匙嗎？

哪！
很快回來。

阿勇，你喜歡海嗎？
嗯。
海啊………
是生命的原點。
所以
無論風平浪靜、或者波濤洶湧，
身為一位海之子
永遠都要面朝著海的方向。
那…
怎麼樣才能算是一位海之子？

這得問你自己了。
爸，我終於理解了你的選擇、所做的一切、還有我的名字。

雖然沒能繼承你的技術。
但我會用筆，讓所有人都看見你與大海的氣魄。
那一定會是個很棒的故事吧！一個屬於海之子的故事。
而現在，這樣的我……能不能算是一位海之子了呢？

運氣與天賦

小學寒暑假時，媽媽總是在上班前把我扔進她們學校的圖書館，距離近、不用收費，而且還有漂亮的阿姨會在櫃台看著我。現在回想起來，那間圖書館真是了不起。

我在那裡、目不轉睛地看完了全套的怪醫黑傑克、怪博士與機器娃娃、以及鬼太郎這三部經典作品。

黑傑克中有一話是「凸肚臍的男孩」
主角是個各方面都不起眼、凸肚臍的小男生
唯獨在考古挖掘方面有奇異般的運氣與天賦。
他最後為了捍衛自己的新發現、不顧勸告而命喪挖掘現場
當時的我還不能夠理解它的意境、但這故事從此烙印在頭腦裡。

人們像星星一樣用各種姿態努力閃爍著
有的就像凸肚臍男孩拼命地閃啊閃
但是還來不及喘口氣便殞落了。

「不知道自己看起來，是什麼樣的一顆星星？」
漫畫界的前輩們給了我啟發，期望將來我能用同樣的姿勢、帶給更多人幫助。

Chapter 05

家

My family

吉祥釣具

欸！
是大漁丸，立旗了！
看看朗仔抓到什麼？
哈哈，
很多人在啊！

等等嚇死他們。
好，放下去！
來來來，左邊一點。
XUT-201電子秤
127.13

靠夭啊！935公斤，好幾年沒看過這麼大的！
哈哈哈！
朗仔，你出海前沒嗑藥吧!?
總共十一尾……
白肉六尾，黑皮四尾，還有一尾紅肉。
喂喂，紀錄表在哪？算一下！
獲紀錄
兩萬六千九百九十二加上十一……兩萬七千零三……
シロカジキ

朗仔，你的紀錄破兩萬七了!!
幹，有夠厲害！
臺灣第一！
朗仔請客啊！
請客！請客！
有啥問題！
請你們喝到吐！
好欸！今天去哪喝——
啊啊……今天不行！
明天，明天陪你們喝到掛。
好，讓你準備一個晚上！
明天你死定了，哈哈

阿帕，明天一起？
算了吧！我老骨頭了。
每次跟你出船都累得要死。
那等等過來吃飯吧，阿勇明天要走了
啊…好啊，如果我沒睡著的話。
阿勇，先幫阿帕收一下東西，等等跟赤木打聲招呼吧！我先過去。
嗯！

唷！
滋——
滋——
滋——
匠
滋滋——

阿勇
明天走吧？
嗯，一大早的車。
這支魚鏢……
幹，就你那支啊！
請注意

終於……乾燥多久了？
三年半，我多放了半年。
紋路十分漂亮、均勻，而且很直，果然不一樣。
他媽的，為了這批貨，花了我一堆功夫！
真有你的，謝啦！
我實在搞不懂……

你不是沒打算讓阿勇上船嗎？
他自己也不想吧！到底為什麼做這支鏢？
嗯！
這是做父親的責任，萬一哪天他打算回來……
我得幫他準備好。
明天幾點的車？
哇操……
赤木叔。

五點五十……
有空多打電話回家，知道嗎？
嗯。
赤木叔……
怎樣？
這幾年受你照顧了。
臭小子……
哈哈！
好啦！好啦！我要專心工作，你們在這很礙事!!

赤木叔再見！
趕快走啦!!
別削到手啊！嘻嘻！
啊！赤木，要不要過來吃飯？
快滾啦!!!
哈哈哈！
開動！

阿帕
沒有要來嗎？
睡著了吧？
他現在作息
跟老頭一樣。
他也快70歲了。
喂！阿勇！
魚頭要吃乾淨
啊！沒吃完
不能下餐桌。
Coke

啪嚓——
啊啊啊——痛痛痛!!
吃飯的時候不要抽菸啦!講不聽!
有什麼關係嘛!
什麼沒關係?哪有人邊吃邊抽!?打火機給我!!
好好好,給你!不要捏了!
你再抽小心變黑心肝!
哪那麼嚴重……
最好是沒有!!

阿勇，行李是不是還沒收好？
差不多了，剩一點。
碗盤我來就好，你去整理東西吧！
早點收好早點睡，明天還要坐車。
啊！阿勇！今天有統一獅的比賽！
他要收東西，你自己看啦！

BURGER
わたしは漫画家になりたいです。
（我想當漫畫家。）
わたしの作品をご覧ください。
（請看看我的作品。）
阿勇！全壘打!!
MISS BURGER
ドラえもん

只差一分了！
投手暴投!!
一体どうやったらいいの？（到底該怎麼做）
要是有多啦A夢的話就好了吧？
就沒有這麼多困難了……

2000
12 17
11:27

臺東車站
把這個帶著！

天后宮
觀音佛祖
要記得收進皮包，才不會掉。
上飛機前打通電話回來。
好。
日本比較冷，要穿多一點。
有什麼問題打電話給赤木的姊姊，她會幫忙。
行李檢查過了吧？
東西都帶了？
05:50
第2月台
請不要跨越及行走軌道
嗯。

吶！拿去！
已經很夠了。
以防萬一。
……
多準備一點比較保險。

往桃園 經山線 自光號
05:50 第2月台
我上車了。
你現在這種樣子，在船上是捕不到東西的。
出了碼頭就不能去想陸地上的事，要全神貫注、當機立斷。
嗯！
再見。

打電話回來唷！
喂！
好好幹，去了就不要回來，我不喜歡半途而廢的人。
小心點！
R999
再見！

已經想不起來舊站的樣子了，
也才過了四年而已。
不過、去年回來頭七的時候，
完全沒發現車站變了啊！
心裡只想著他……

阿勇？走吧！
嗯！
鼎東客
變的從來不是事實，而是心……就跟你說的一樣。

1200
1300
1400
1500
1600
1700
1800
成功市場
鼎 東
東

玲玲！
王阿姨！
阿勇，好久沒看見你！
王阿姨。
越來越帥了！有沒有交女朋友？
哈哈，沒有欸……
你還記得婉婷吧！
現在讀台大，明天也會去吃喜酒，你們聊一聊啊！
她最喜歡你這種酷酷的帥哥了啦！

阿姨，明天要不要坐我們的車一起過去？
明早還有事，你們先去。
忙完會提早到，看能不能幫忙什麼？
不用那麼客氣啦！來吃飯就好！
妳不知道大家等這天等多久了，明天一定給妳包個大紅包！
結婚是大事情，要弄得漂亮一點啊！
嗯，好！

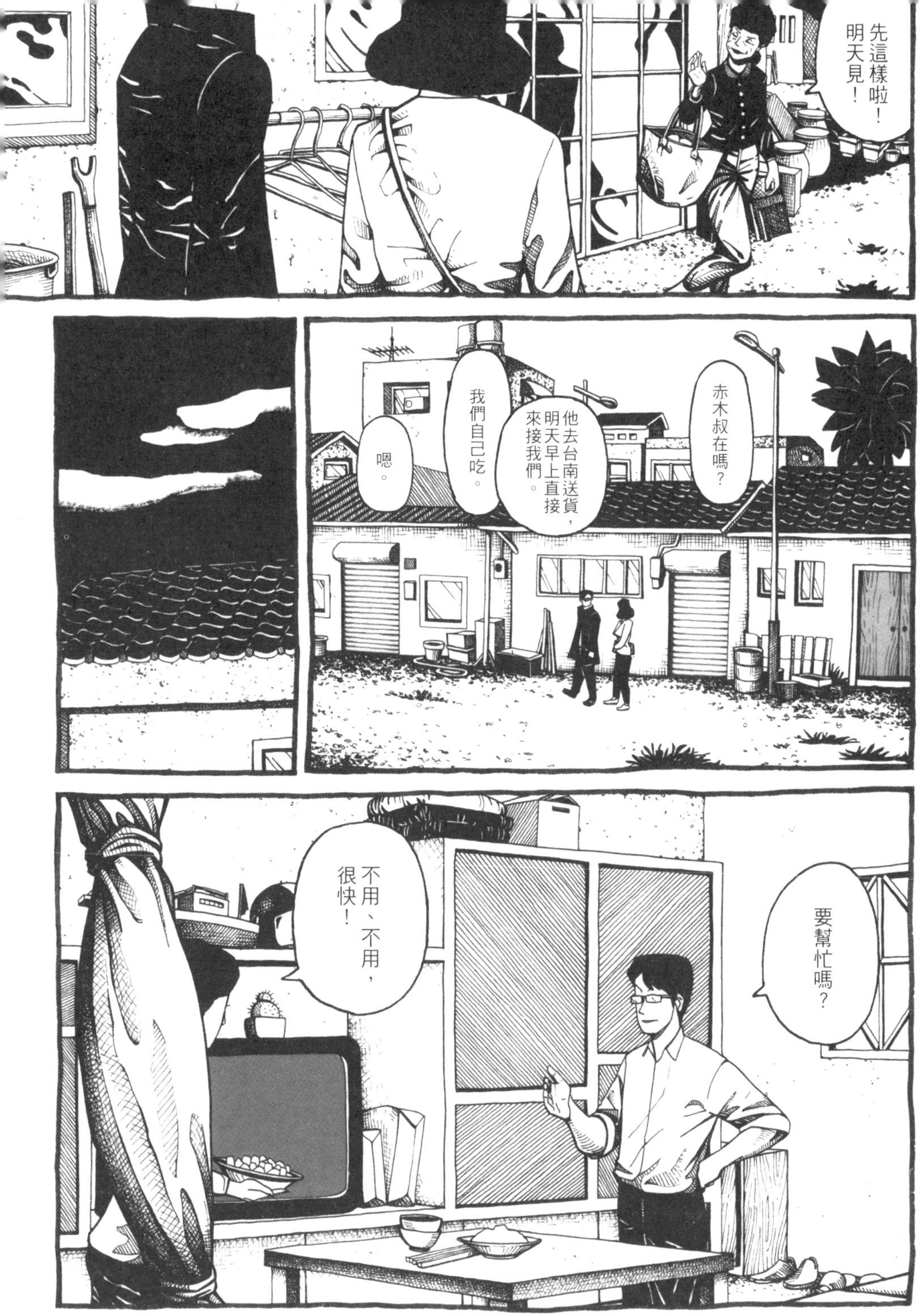
先這樣啦！明天見！
赤木叔在嗎？
他去台南送貨，明天早上直接來接我們。
我們自己吃。
嗯。
要幫忙嗎？
不用、不用，很快！

馬上好。
嗯！
？
…………

鈴——
鈴——
鈴——
もしもし。（喂。）
松下です。（我是松下。）
松下さん、こんばんは。（松下先生，晚上好。）
黒沢先生、おめでとう！（黒澤老師，恭喜！）
もう決まりました。（已經決定了。）
連載会議
連載ですか。（連載嗎？）
松下

はい、六月から？（是、六月開始？）
わかりました。わざわざありがとうございました。（我知道了，謝謝你通知。）
今台湾にいるから、来週もどります。（我現在在台灣，下週回去。）
はい、お願いします。では失礼します。（是，麻煩了。好的，再見。）
日本的電話？
嗯，工作的。
吃飯嘍！

那隻魚鏢是……？
阿朗留給你的。
很新呢！沒有用過的樣子……
聽赤木說做這支鏢花了不少時間。
媽，我的漫畫上連載了。
欸!?
六月開始。
恭喜你！

這樣你就是真正的漫畫家了，阿朗一定很高興！
連載很困難，我不知道自己能力夠不夠。

吶！多吃個魚頭！
吃魚頭變聰明，考一百分！
頭腦好，連載就沒問題。

嗯！
是什麼故事？
鏢旗魚的故事，
其中一個主角就是爸。
哇!!那個角色跟你爸一樣邊吃飯邊抽菸嗎!?
吃飯的時候不要抽菸啦!?
有什麼關係嘛!?

嗯，跟爸一樣。
什麼都可以忘，只有菸不會，隨時隨地都在抽。
你的左手怎麼回事？手指頭呢？為什麼不見了!?
早上忘在海裡，忘了帶回來。
呵呵，還有沒有別的人？赤木啊！阿帕……

有！
還有妳喔！媽。
啊!?
不要啦！
不要畫我！我不適合！
你會跟阿姨結婚嗎？
怎麼突然問這個……
嗯………

當然要，妳是很重要的角色。
啊！
你就隨便畫一下！
臉不要真的畫成我的樣子，絕對不行喔！
把你爸畫像一點就好。
你自己呢？有沒有出現在漫畫裡。
你現在在吃什麼？
魚？

我啊……秘密！
咦——!?
太奸詐了！怎麼可以這樣!!
阿勇！你學壞了，你以前不會這樣，快跟我說!!
嘿嘿！

能夠決定你是什麼的，
只有你心裡的想法，不是別人怎麼叫你。
快告訴我!!
哈哈，不行，這是商業機密！

我再盛最後一碗。
魚肉剩一點，把它吃完吧！

慢慢吃！
兩好三壞，攻占二三壘，陳連宏的打擊。
打——擊出去！左外野——
嘿嘿！今天有我最愛的炸魚！

阿勇，你在日本也看棒球嗎？
統一獅追成平手，壘上還有兩名跑者。
再來一塊！
再等一下。
爸，很快就會有人看到你的故事了。
好吃！

我有和赤木一起看呢！
可是到現在還是不太懂規則。
一壘跑者盜壘了！
阻殺成功！
…………
兩個出局數。
阿勇？
魚果然還是要用炸的！
好吃!!
揮棒了——
游擊手飛撲！

爸，吃慢點，別噎到了。
拋給三壘手……OUT！
第七局結束——

這場比賽等於是重新開始了。
《海之子 完》

自己的路

My Way

黑澤老師！
75折
75折

杉森老師，這位就是黑澤老師。
啊！
Best
17
初次見面，
我是杉森。

不好意思！
杉森老師久仰大名！
沒辦法親自接機，非常不好意思，初次見面請多指教。
請多指教。
黑澤老師那等等就先麻煩你了。
沒問題，辛苦了松下先生。
待會見。

這次真的很感謝您願意特別抽空，沒想到會是在台灣見面。
我一直很想來誠品書局看看。
剛好松下先生也向我提了見面的事。
你以前第一個投稿作品，松下就拿來給我看過。
轉眼你已經是職業漫畫家了。
為什麼想畫漫畫呢？黑澤？

第一次讀您的作品時，受到相當大震撼。
「這就是我該去的地方」
心中有這樣強烈的觸動。
但如果該去的地方已有前人走過，又有什麼意義呢？我不斷思考。
杉森老師，我該如何走出自己的路？
令尊的死是一種必要。

無論在劇情
或者現實中都一樣。
咦!?您怎麼……
會知道我父親…!?
作品是
騙不了人的。
總有一天
我也會死去，
你只需要
做一件事……

永遠保持自己的步伐。
啪擦——
啪擦——
！
人類總是從死亡中得到領悟。
老師！

而沒有任何兩個人會走在相同道路上，
只不過死亡未至前我們看不清楚而已。
記得心中所見，別忘了它。
喝杯咖啡吧，我請客。

故事畫完了～

但大海的浪濤　所有海之子生命之光　永恆……

【重要參考文獻】

龜山島－漢人漁村社會之研究　➢王崧興

殖民地的邊區－東台灣的政治經濟發展　➢林玉茹

戰後在台琉球人之居留與認同　➢何義麟

南方澳港漁撈方法的回顧　➢王安陽

但願捕魚成功－由臺灣東部鏢旗魚觀其民俗　➢西村一之

台灣東部的漁撈技術的傳承與「日本」－於近海鏢旗魚盛衰之間　➢西村一之

日治時期台灣漁民之生計　➢王俊昌

台湾東海岸における漢人〆アミ漁民と沖縄漁民の接触　➢西村一之

感謝前輩們的努力賜予我創作海之子的力量。

陳　繭

南方澳

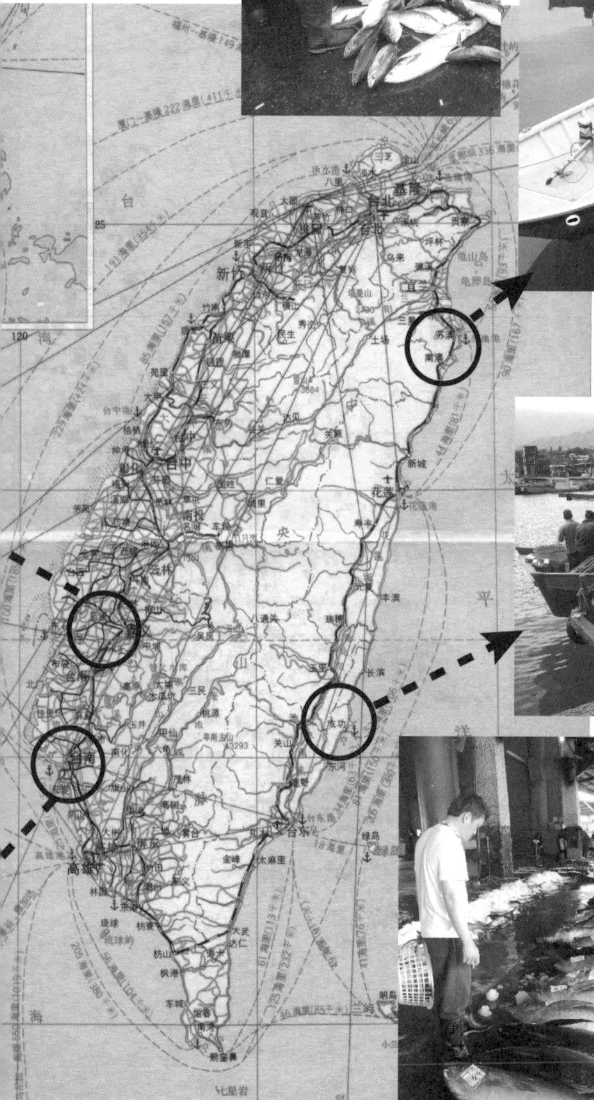

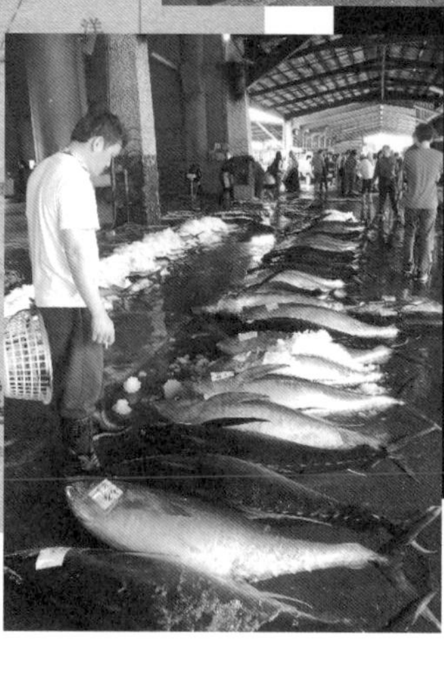

成功港

到成功漁港親眼看到鏢船與鏢台、感受鏢魚文化。驚嘆鏢魚法的艱辛與所必須具備的勇氣與毅力。

台灣漁港取材記趣

全台灣共有299個漁港，捕魚方式幾乎都已改為網撈，僅剩南方澳與成功兩處仍然保留日據時代至今的「鏢」魚手法。其中成功漁港更是堅持以「鏢魚法」作為唯一的捕魚方式。

成功海域主要漁獲以旗魚為主，全世界旗魚共12種，成功一帶就有五種，四季皆不同。

走訪台灣幾個魚港和小鎮，認識海洋文化、鏢魚產業歷史，看地方鏢手的老照片與海上勇士在大海與旗魚搏鬥的影片，彷彿自己漂浮在浩瀚的太平洋。

後壁車站

大海的味道

安平漁港

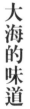

海之子

陳薾

Son of the Sea

賞状

最優秀賞（ストーリー漫画部門）

海の子

陳 繭 様

あなたは第一回まんが王国とっとり
国際マンガコンテストにおいて
独創性にあふれた表現豊かな
すばらしい作品を応募され
頭書の成績を収められました
よってこれを賞します

平成二十四年十一月八日

鳥取県知事 平井伸治

「海之子」獲獎後，為了改編成篇幅較長的版本，有一個月的時間陷入了掙扎當中。

「究竟該改編成什麼樣的形式？」

「我該考慮到市場接受度嗎？還是全憑自己的喜好呢？」

「管他的，市場型的策略作品太多了，跟本不缺我一個。而且萬一那樣做了還賣不到100本，豈不是幹死了？」

「還是順著直覺吧!! 說不定將來根本沒機會再出第二本書，沒錯、就是這樣！照最自然的方式去做吧!! 海之子的結局就如此自然的出現了。

剛好，跟大家分享我的好友阿中說過的一句話，阿中是一個音樂家，「直覺永遠是最重要的，知識或技術可以問別人，直覺卻無可取代」

這句話給了我很大的啟發。

感謝文

漫畫或者故事之所以存在，因為其中能傳達十分複雜之寓意，人們不斷不斷從大大小小的故事裡頭得到啟發。我無法表達對於「海之子」能夠誕生的心情，如同除故事外無法說明的情緒。

始終給予支持、我最好的朋友阿廣、創作上的伙伴阿中、助我渡過低谷的陳錫宏老師、鳥取縣政府的瀅如；漫畫家木村直巳和張放之老師：：以及最重要的兩位：漫畫家阮光民老師、亞細亞創作團隊的大家長夏姐。

「海之子」是起點，今後將窮盡一己之力，持續地在漫畫創作上耕耘，將能夠表達的都放進作品當中，這是我傾訴謝意的方式，謝謝你們。

ACCC/浪漫畫系列008

海之子

時報書碼：VY01002

作　　者──陳繭

責任編輯──曾維新
美術設計──林宜潔
製 作 部──李宇霖
國際版權──張毓玲

董 事 長
發 行 人──趙政岷

大好世紀
總 編 輯──夏曉雲

出 版 者──時報文化出版企業股份有限公司
10803台北市和平西路3段240號3樓
發行專線─（02）2306-6842
讀者服務專線─ 0800-231-705・（02）2304-7103
讀者服務傳真─（02）2304-6858
郵撥─ 19344724時報文化出版公司
信箱─ 台北郵政79－99信箱
時報悅讀網─ http://www.readingtimes.com.tw
電子郵件信箱─accc.love.comic@gmail.com
法律顧問─ 理律法律事務所　陳長文律師、李念祖律師

印　　刷──盈昌印刷有限公司
初版一刷──2015年12月31日
定　　價──新台幣230元

⊙行政院新聞局局版北市業字第八〇號

國家圖書館出版品預行編目資料

海之子/ 陳繭著.　-- 初版. -- 臺北市：時報文化, 2015.12
208頁； 14.8X21公分. --
面；　公分. -- (ACCC系列；008)
ISBN 978-957-13-6466-7　(平裝)
1. 漫畫

Printed in Taiwan